CONSIDERATIONS

SUR

L'ART DU THEATRE.

*D*** à M. Jean-Jacques Rouſſeau, citoyen de Geneve.*

Eſt modus in rebus, ſunt certi denique fines.

A GENEVE,

Chez HENRI-ALBERT GOSSE.

M. DCC. LIX.

MONSIEUR,

SI la pureté d'intention peut inſpirer *quelque fierté* à tout Ecrivain qu'elle anime; je crois qu'il m'eſt permis de prétendre à cette gloire, ainſi que vous. Je ne penſe pas, il eſt vrai, *que peu d'Auteurs m'ayent donné l'exemple de ce déſintéreſſement, & que fort peu voudront l'imiter* : (pardonnez-moi ſi je me ſers de vos propres expreſſions.) Je n'ai pas l'opinion flateuſe, ſi vous le voulez, que la ſincérité & le déſintéreſſement ſoient le partage excluſif d'un ſi petit nombre d'Ecrivains, en vous comptant, comme vous l'avancez modeſtement, qu'on doive déſeſpérer que votre exemple tire à conſéquence. Sentez-vous digne, je ne m'y oppoſe pas, de la deviſe : *Vitam impendere vero*, que vous vous êtes appropriée, mais ne refuſez pas aux autres Ecrivains l'avantage d'être admis au nombre de vos élûs. On avoit dit avant vous : *Nul n'aura de l'eſprit que nous & nos amis*. Il vous étoit réſervé ſans doute, d'affirmer : *Qu'en ce monde pervers les Auteurs ſont ſans foi, fourbes, intéreſſés, hors mes amis & moi*. Vous n'en aimeriez pas moins la ſincérité, en permettant aux autres de lui rendre leurs hommages, cela ne diminueroit rien de votre portion de gloire & de vertu: c'eſt un héritage, où la diviſion peut avoir lieu, ſans préjudicier aux intérêts de ceux qui s'en ſont mis en poſſeſſion, & l'on vous paſſeroit ſans murmurer votre faſtueuſe deviſe. Vous décideriez avec moins d'autorité, ſi vous aviez réfléchi, que pour bien juger de la pureté d'intention & du déſintéreſſement d'un Auteur, il faudroit pénétrer dans ſon ame, pour y reconnoître l'accord de ce qu'il écrit avec ce qu'il penſe réellement. Avez-vous ſcruté les intentions de preſque tous les Ecrivains que vous réprouvez? Sur quel fondement leur refuſez-vous la pureté d'intention & le déſintéreſſement?

ſi vous n'en décidez que ſur l'impreſſion que vous font leurs ouvrages, votre condamnation me paroît hazardée: car ils pourroient alléguer pour leur déſenſe : *Lecteur, je puis me tromper moi-même, mais non pas vous tromper volontairement; craignez mes erreurs, & non ma mauvaiſe foi.* Un pareil aveu vous diſpoſeroit ſans doute à modérer la rigueur de vos jugemens. C'eſt dans ces diſpoſitions favorables, & dont je vous invite à faire uſage, que je vais prendre la liberté d'examiner, avec vous, votre Lettre datée de Montmorenci, du 20 Mars 1758. & que j'ai reçûe de la Haye à la fin d'Octobre de la même année.

CONSIDERATIONS
SUR
L'ART DU THEATRE.

LE goût des arts, l'honneur de ma patrie, l'amour du genre humain, un reſpect inviolable pour la vérité, voilà les motifs qui m'engagent à publier mes réflexions ſur l'art du Théâtre. C'eſt un objet trop important, pour qu'il ſoit permis de regarder avec indifférence le jugement qu'on en doit porter. Avantageux, il faut l'admettre, il faut le rejetter s'il eſt nuiſible. La conſervation de la pureté de nos mœurs en dépend, & quoique ſans ménagement, ſans

Si tout Gouvernement peut les comporter.

Si la profession de Comédien est honnéte.

Je crois que la premiere de ces questions doit résoudre toutes les autres. Un art bon par soi-même ne sçauroit être contraire aux mœurs, que dans le cas où l'on en feroit un mauvais usage, (danger commun à tous les arts qui peuvent devenir pernicieux par l'abus) ce qui ne pourroit être attribué à un vice de l'art, mais de l'artiste, ou des amateurs de cet art.

Pouvant s'allier avec les mœurs, tout Gouvernement peut le comporter, & doit le protéger, puisque tout Gouvernement a un intérêt sensible de perfectionner la morale, qui forme un des plus solides fondemens de toute autorité légitime.

Il ne peut être deshonnête de l'exercer, puisqu'il feroit absurde de dire, que la profession d'un art utile aux Mœurs & au Gouvernement est deshonorante.

On peut définir l'art du Théâtre ; l'art de peindre les passions, en représentant leurs effets. Une action théâtrale est l'image plus ou moins forte de ce que nous voyons tous les jours. Les différens mouvemens de l'ame y sont exprimés : les ressorts secrets que le vice & la vertu font jouer successivement, y sont exposés au grand jour : le spectateur juge.

Les hommes ont des passions ; cela est certain. Elles les excitent à la vertu, elles les précipitent dans le crime. Les Stoïciens qui ne les considéroient que dans leurs effets pernicieux, les proscrivirent sans réserve. Ils imaginerent un être chimérique dont ils firent leur modele. Je ne m'arrêterai point à renverser ce vain fantôme. Les passions sont partie de nous-mêmes, elles nous sont essentielles : un homme *apathique*, n'a ni désirs ni sentimens : inaccessible au plaisir, ainsi qu'à la douleur, il contemple tout sans intérêt : rien ne peut le déterminer vers un objet préférablement à un autre.

Un tel être ne differeroit du néant, que par une exiſtence immobile au milieu d'une foule d'êtres inceſſamment agités. Prétendre réformer le genre humain ſur le ſage de l'école de *Zenon*, ce ſeroit aller directement contre l'ordre établi. La meilleure raiſon de la néceſſité des paſſions, c'eſt leur exiſtence reconnue. Vouloir les détruire eſt une entrepriſe auſſi téméraire qu'extravagante. Nous ne ſommes pas créés pour anéantir, mais pour faire uſage de tout ſelon les lumieres de la juſtice & de la raiſon. Tout ce qui tend à multiplier ces lumieres eſt bon en ſoi-même. C'eſt l'objet de l'art dramatique, & je tire mes preuves de la nature même des productions de cet art.

La tragédie par l'élévation des ſentimens, la ſublimité des penſées, la majeſté du ſtyle, l'énergie des expreſſions, la force des ſituations, l'harmonie & la véhémence de la déclamation, la pompe du ſpectacle, tend à augmenter l'activité de notre ame par l'intérêt, & à déterminer cet intérêt en faveur de la vertu. Le crime est toujours puni : elle se sert des couleurs les plus fortes pour le flétrir. Dans l'action qu'elle représente, le succès ou la chûte sont également funestes à l'injustice : le plus cruel châtiment est l'horreur & le mépris qu'elle inspire. La vertu est toujours récompensée par le triomphe, ou par l'estime, qui est son plus noble prix. Ce prix n'est point arbitraire, il ne dépend pas plus de la révolution des tems. On admire encore, & l'on court toujours en foule aux représentations des bonnes pieces de *Corneille* ; & ce n'est pas, comme vous le supposez, par la honte de s'en dédire, que l'on continue de prodiguer de justes applaudissemens aux chefs-d'œuvre de ce grand Homme. Si le Public, qui en fait ses délices aujourd'hui, étoit composé des mêmes personnes qui approuverent dans la nouveauté *Cinna*, *Polieucte*, *Heraclius*, &c. cette supposition auroit du moins une apparence de fondement ; mais le Public de ce ſiecle, ne peut être porté, que par la raiſon, à joindre ſon ſuffrage à celui du ſiecle paſſé, & ne doit pas rougir d'être d'un avis contraire au ſien. Il faut être étrangement prévenu contre ſes contemporains, pour s'imaginer qu'ils ne ſeroient pas capables de connoître & de ſentir les beautés des Ouvrages du *Sophocle* François, s'ils n'étoient appuyés de l'autorité de leurs ancêtres.

Rien n'eſt plus propre à développer dans nos ames les idées de juſtice, à fortifier le penchant qui nous porte à la vertu, que les honneurs qu'on lui rend ſur la ſcene. Ce concert unanime d'applaudiſſemens & d'hommages, qui s'accorde ſi bien avec ce que nous éprouvons intérieurement, nous pénetre d'un ſentiment délicieux. Dans nos aſſemblées nombreuſes, la voix de la nature prend un ton plus impoſant ; c'eſt un torrent qui entraîne & qui ſubjugue tout ce qu'il rencontre, on diroit que la vertu deſcend ſur la terre, & dicte ſes oracles à tout le genre humain. Ce n'eſt pas dans la ſolitude que la vertu fait briller ſes traits les plus forts ; c'eſt un feu dont la rapidité s'accelere par la communication générale. La démonſtration de cette verité eſt gravée trop profondément dans tous les cœurs, pour qu'on puiſſe la revoquer en doute.

C'eſt moins pour l'appuyer que pour répondre à vos objections, que je vais citer des exemples ; je ne les chercherai pas loin. J'aurois, ainſi que vous, le droit de choiſir ; mais je ne profiterai pas de cette liberté. Je me renferme dans les mêmes que vous avez expoſés.

Catilina ne fait point le rôle d'un grand homme, comme vous le pretendez, à moins que vous ne donniez ce nom à un furieux, d'autant plus mépriſable, que ſa conſtante perverſité ne lui laiſſe aucuns remords. Il excite l'attention du ſpectateur & non ſon eſtime : c'eſt contre de pareils ſcélérats que l'indignation de la vertu ſe ſouleve pour les écraſer. Le ſilence de *Caton*, qui le mépriſe aſſez pour ne pas daigner même répondre à ses invectives, doit l'anéantir. Un homme qui tente un grand crime n'est pas regardé comme un grand homme, ou bien il faudroit chercher un autre terme pour désigner un homme qui forme une entreprise grande & juste. L'étendue des lumieres, l'activité, la fermeté, accompagnent également le grand homme & le scélérat; le principe qui fait agir ces deux caracteres opposés, les distingue, & ce principe est toujours developé. Tout Auteur dramatique n'est-il pas obligé d'établir les caracteres qu'il fait agir, non-seulement pour soulager l'attention des spectateurs, mais même pour les guider dans leurs jugemens? Si le personnage vicieux qui fait le sujet de la piece, se déclare lui-même injuste, peut-on craindre qu'il surprenne l'approbation de son iniquité? Il aura beau nous montrer dans ses faux raisonnemens, qu'il est capable d'embrasser un projet vaste, que son genie égale son audace, pourra-t-il jamais nous arracher un sentiment d'estime? Si cela étoit à redouter, il faudroit ſupprimer preſque tous les exemples dont l'hiſtoire fourmille ; il faudroit interdire aux hiſtoriens toute deſcription de caractere vicieux ; il faudroit retrancher des annales du monde, tous les portraits de ces fameux coupables qui ſe ſont ſignalés par leurs erreurs, & ne rapporter que les faits qui peuvent entrer dans un panegirique. *Catilina* n'eſt-il pas encore peint avec plus de force dans Saluſte ? Cet Auteur n'eſt-il pas entre les mains de la plus tendre jeuneſſe, ſans qu'on apréhende qu'il *encourage des Catilina ?* S'il n'y avoit que des hommes foibles & aveugles qui ſe livraſſent au crime, quel fruit retireroit-t-on de leur exemple ? On apprendroit qu'on peut commettre de mauvaiſes actions : voilà tout. Mais en voyant des hommes, allier par un mélange monſtrueux, aux emportemens d'une ame injuſte, des qualités brillantes, on ſe forme plus aiſément l'habitude de ſéparer la cauſe primitive, des forces qu'elle fait mouvoir ; on juge non les moyens employés, mais l'intention. Qu'un homme déclare qu'il a dessein d'entreprendre un forfait, pourrons-nous jamais l'approuver, quelques efforts qu'il fasse pour nous étaler toutes ses ressources ? J'aimerois autant dire que c'est travailler contre notre sûreté, que de nous apprendre les ruses dont un ennemi peut se servir pour nous perdre. *Catilina* n'est rien moins qu'un héros dans les tragédies de Messieurs de *Crebillon* & de *Voltaire*. C'est un monstre qui effraye par la grandeur des forfaits qu'il médite. Il seroit à desirer que ces deux illustres émules ne discontinuassent jamais de nous donner des poëmes dont on peut recueillir des leçons si importantes. Genies sublimes, formés pour l'instruction des hommes, que ne puis-je en votre faveur interrompre la course trop rapide du tems qui dévore tout ! que ne puis-je reculer le terme de votre brillante carriere ! les plus longs jours sont encore trop bornés pour ces Citoyens illustres qui enrichissent le genre humain de nouvelles lumieres, & qui ont si bien merité de leur patrie par leurs admirables ouvrages. Amis des Arts, encore plus de leurs semblables, on ne les voit point sans relâche occupés à décomposer notre espece ; ils ne prodiguent point les soins les plus pénibles & les plus infructueux pour réaliser l'existence du vice, & rendre problematique celle de la vertu. Echaffaudés sur le fragile appui d'une vaine Métaphysique, ils n'ont pas l'orgueil de croire remonter jusqu'aux premiers principes de tous nos sentimens ; ils n'accumulent point sans fin les conjectures les plus fausses pour en étayer d'odieux systêmes, & présenter à nos yeux indignés, avec une confiance insultante, le squelette de l'humanité.

Dans la Tragedie de *Mahomet*, que vous approuvez du moins en partie, vous appréhendez que la grandeur d'ame qu'il étale, ne diminue l'atrocité de ses crimes. Il est bien singulier que vous redoutiez précisément le contraire de ce qui arrive. Plus Mahomet

homet montrera, ainſi que Catilina, de grandes qualités, plus elles contraſteront avec ſes crimes. Que peut-il réſulter de cette oppoſition? Que l'étendue de nos lumieres ne ſert qu'à nous rendre plus coupables, lorſque nous les faiſons ſervir au ſuccès de projets abominables. Conſiderez ce fameux ſcélérat, à la fin de la piece. *Ses forfaits dans ſon cœur ont gravé ſon ſupplice.* Déchiré des remords les plus honteux, cent fois plus infortuné que les innocentes victimes de ſes fureurs, livré en proye aux horreurs d'un deſeſpoir éternel, il ne peut ſupporter la vûe de ſon ame exécrable. Eſt-il leçon plus frappante, & plus capable d'intimider quiconque oſeroit lui reſſembler? Cet exemple terrible ne ſuffiroit-il pas pour détruire l'impreſſion momentanée, qu'auroit pû produire ſur quelques ſpectateurs, cette fauſſe grandeur dont il fait une vaine parade, tandis que le fruit qu'on peut recueillir du châtiment affreux d'un monſtre accablé & couvert d'ignominie, ſubſiſteroit dans toute sa force? *Seide* meurtrier, nous feroit horreur malgré le fanatisme qui l'égare, si ce n'étoit pas sur son pere qu'il porte ses coups, sans le sçavoir. L'homicide volontaire nous révolteroit; le parricide involontaire excite notre pitié. Enfin on rapporte de la représentation de cette piece cette double instruction, que tout criminel contre sa conscience, est comme Mahomet, un homme détestable, & que l'emportement d'un zele inconsideré, peut conduire aux plus énormes attentats. Si la raison n'est pas toujours assez puissante pour éteindre l'embrasement du fanatisme, elle peut, en nous éclairant, prévenir les égaremens qui précédent cette aveugle fureur.

Je ne répeterai pas d'*Atrée* ce que j'ai dit de *Mahomet* & de *Catilina.* C'est toujours le crime représenté avec les couleurs les plus fortes & les plus capables de redoubler l'horreur naturelle qu'il inspire. Le rôle de *Thyeste* est intéressant, selon vous, parce qu'il est homme & malheureux. C'est le caractere opposé à l'homme sans foiblesse, que vous reprochez à notre théâtre de ne pouvoir rendre intéressant. *Thyeste* excite notre compassion ; nous sommes attendris en voyant à quel comble d'infortune le réduit la vengeance atroce de son barbare frere : il exerce notre humanité cette vertu si respectable, la premiere de toutes, peut-être, la plus nécessaire au genre humain, qui donne de l'activité à toutes les autres.

C'est sans raison que vous desirez que *nos Auteurs sublimes descendent quelquefois de leur élevation continuelle, & nous attendrissent en faveur de l'humanité souffrante.* Il vous seroit impossible de citer une seule de nos tragédies qui ne produise cet effet. Nos plus foibles drames ne doivent leur réussite, qu'à ces touchantes images qui rapellent à nos cœurs le sentiment de l'humanité. *Les Anciens avoient des Héros*, dites-vous, *& mettoient des hommes sur la scene ; nous n'y mettons que des Héros, & à peine avons-nous des hom-*

mes. Je dirois à tout autre, qui feroit moins emporté par l'ardeur d'un zele eſtimable dans ſon principe, qui eſt l'amour de la vertu, mais inconſideré; que c'eſt trahir la verité, pour jouir du miſerable plaiſir d'une antiteſe puérile. Toutes les tragédies des Anciens abondent en vaines déclamations; ils mettoient ſur leurs Théatres des Héros ſouvent montés ſur des échaſſes; les nôtres ſe rapprochent plus de l'homme. Ils avoient des Héros ſans doute; mais en dépit du vœu que vous ſemblez avoir formé d'être *æternus laudator temporis acti*, il me ſeroit facile de vous prouver que notre ſiécle peut fournir des exemples d'héroiſme en tous genres, qui ne nous rendent point inférieurs aux Anciens, ſi ce combat de ſiécle à ſiécle, où chacun ſe conſume en efforts inutiles pour faire triompher le ſiécle qu'il ſemble avoir pris ſous ſa protection, n'étoit la plus frivole de toutes les diſputes littéraires. J'ouvre le livre de l'univers, & je vois ſur ce vaſte Théatre le vice & la vertu toujours aux prifes; & en comparant les fiécles les plus brillans, j'en vois peu auxquels le nôtre ne paroiffe préférable.

Comme vous avez fenti la foibleffe des preuves qu'il vous étoit poffible de tirer des exemples, que vous aviez cependant choifis vous-même, vous vous êtes fabriqué de nouvelles armes. Pour nous prouver que *certaines paffions fatisfaites nous femblent préférables à la vertu*, vous enfantez un nouveau plan de la tragédie de Berenice, dont vous fuppofez l'effet infaillible avec une confiance intrépide, & vous en tirez cette conféquence victorieufe, que *les tableaux de l'amour font toujours plus d'impreffion que les maximes de la fageffe, & que l'effet d'une tragédie eft tout-à-fait indépendant du denouement.* Je ne vous dirai pas que vous concluez d'une fuppofition, & non d'un fait prouvé, c'eft affez votre ordinaire; quand les raifons manquent, l'imagination vient au fecours. Ce merveilleux projet eft *que Titus abdique l'empire, pour aller avec Berenice vivre heureux & ignoré dans un coin de l'univers*. Si vous pouviez réformer toutes nos pieces de théâtre dans ce goût-là, j'ose vous assurer que vous n'auriez pas long-tems à déclamer contre nos spectacles, que vous rendriez bientôt déserts. Je n'aime point à supposer, parce que les suppositions ne me satisfont pas, & que je doute que les autres s'en contentent plus facilement. Essayons s'il ne seroit pas possible de découvrir le sentiment que doit exciter en nous l'action que vous prêtez à Titus. Le plaisir que nous procure une action théatrale naît de l'intérêt, vous en convenez dans votre ouvrage. Tant que Titus balancera entre l'amour du devoir & l'amour de Berenice, nous entrerons dans ses peines, son attachement à la vertu qui le fait résister à la force de sa passion, le rendant digne de notre estime; nous le plaindrons d'autant plus qu'il fera plus d'efforts, & que par conséquent il souffrira davantage : mais dès l'instant qu'il succombera, nous cesserons de le plaindre, puisqu'il n'aura plus besoin de notre pitié ; si nous avions même prévû qu'il dût ceder, nous nous serions épargné une compassion inutile ; & comme nous sommes persuadés que cette passion de préférence pour un seul objet, n'est pas un penchant absolument insurmontable à la vertu, nous n'aurions pas sûrement regardé comme estimable un homme qui n'a pas la force d'y résister. Que résulteroit-il donc de cet admirable denouement ? Que le bonheur de Titus qu'il acheteroit aux dépens de la félicité des Romains, ne doit plus nous intéresser, parce que nous ne craignons plus de le voir malheureux. Quelle part pourrions-nous prendre à la satisfaction qu'il va goûter ? Peut-il émouvoir notre compassion ? Il n'y a là ni pitié ni terreur : il est content, à la bonne-heure. Peut-on l'approuver, de ce qu'ayant balancé long-tems entre l'amour de lui-même & l'amour du genre humain, il s'est enfin donné la préférence ? Je cherche envain quelle autre impression il peut faire sur nous, & je ne vois que celle que produit tout homme qui s'aime plus que les autres. Cet amour de ſoi, indépendamment de tout, le ſépare de l'intérêt commun; & la plus grande faveur qu'on lui puiſſe accorder, eſt de n'avoir aucune inquiétude ſur ſon bonheur. Mais comme dans ce denouement il ne s'agiroit pas ſeulement de lui, mais du ſort de l'Empire, après nous être mis à la place de *Titus*, mettons-nous un moment à la place des Romains, qui vont être privés du bonheur dont ils eſpéroient jouir ſous ſon regne. Que penſerons-nous du ſacrifice qu'il fait ? Il auroit beau nous prouver par un diſcours patétique, qu'on doit commencer par ſoi-même, que *Berenice* eſt trop aimable, qu'il aime mieux regner ſur elle que ſur nous, & qu'il nous prie de nous conſoler de ſa perte; il ne lui ſeroit jamais poſſible de nous perſuader que *Titus* n'étoit pas comptable de ſes vertus au genre humain. Je vous interroge vous-même; pouvez-vous être heureux par l'image du plaiſir d'un autre, lorſque ce plaiſir vous eſt prejudiciable ? Qu'il garde l'Empire, dirions-nous, ne peut-il pas aimer *Berenice* sans l'épouser? A-t-elle le droit de le dérober à l'univers, dont il doit faire les délices? Il l'aimoit avant de parvenir à l'Empire: nous ne demandons pas qu'il cesse d'être tendre; qu'il se contente de ne pas contracter un hymen qui choque le préjugé Romain; & si *Berenice* est digne de lui, elle sera la premiere à lui conseiller de conserver l'Empire. Nous reviendrons au denouement de M. Racine. Si malgré la beauté de la versification, & la sagesse de la conduite, cette piece est une des moins intéressantes de son illustre Auteur, c'est que l'obstacle aux amours de *Titus* & de *Berenice* n'est fondé que sur un prejugé national.

L'unique fin de la Tragedie est de peindre les vertus & les vices; elle est également instructive dans ce double effet: on apprend à ne pas ressembler aux méchans; car comme disoit le vieux *Caton: Les sages ont plus à apprendre des fous, que les fous des sages.*

On s'éclaire ſur le danger des paſſions ; on s'habitue à en rectifier l'uſage ſur les loix de la juſtice. Les exemples vertueux nous excitent au bien ; notre amour pour la vertu acquiert de nouvelles forces : le but de l'art n'eſt pas de l'embellir, car elle n'eſt pas ſuſceptible d'embelliſſemens, mais de l'expoſer dans ſon plus grand jour, afin qu'on la connoiſſe, & qu'on la diſtingue du fanatiſme.

Il n'appartient pas à l'homme d'être parfaitement vertueux ; il n'eſt pas en lui d'être abſolument vicieux ; c'eſt par cette raiſon qu'on ſe ſert de couleurs fortes au theâtre pour peindre les vices & les vertus. Comme notre penchant pour les unes ou les autres eſt ſuſceptible d'accroiſſement, où donc eſt le danger d'une imitation chargée, qui augmente ou retient ce penchant ? La haine pour les ſcélérats n'eſt pas l'ouvrage de l'Auteur ; c'eſt un ſentiment qu'il ne fait que déveloper & fortifier en nous. L'habitude de juger les méchans ſur la ſcene, éclaire &

perfectionne nos idées de justice. L'amour du beau moral *inné* dans l'homme (je parle d'après vous) il faut le mettre en action, sans quoi il ne seroit qu'une faculté stérile : tout ce qui sert à exercer notre sensibilité doit être estimé avantageux : la Tragedie opere cet effet, elle est donc bonne par elle-même.

Le plaisir du Comique est fondé sur un vice du cœur humain ; plus la Comedie est parfaite, plus son effet est funeste aux mœurs. Pour connoître la verité ou la fausseté de cette assertion, il faut examiner la nature de la Comedie, & remonter à la source principale du plaisir qu'elle produit. Le plaisir de la Comedie est fondé sur le rire : il s'agit de sçavoir si le rire est une faculté vicieuse. Sur quels objets cette faculté s'exerce-t-elle ? Sur toutes les imperfections, qui sont les sujets ordinaires des plaisanteries comiques. La raillerie n'est pas l'arme favorite du vice, comme vous l'affirmez : le ridicule est un remede temperé dont la vertu se sert pour réprimer le vice en l'humiliant. L'emportement eſt le plus ſouvent l'arme de l'hypocriſie & du fanatiſme. Le mepris & l'indignation ne ſont pas toujours employés par les hommes vertueux pour écraſer les méchans ; ils s'en ſervent rarement au contraire, & n'ont recours à ces armes rigoureuſes, que lorſqu'ils ne peuvent parvenir à les corriger par des voyes plus douces. S'efforcer de rendre les hommes meilleurs, voilà l'emploi des ſinceres amateurs de la vertu. Les méchans ſont ordinairement de mauvais plaiſants : le ridicule n'eſt pas une arme ſi facile à manier que vous le penſez. Un vicieux fait horreur quand il s'en ſert contre la vertu : la raillerie ne lui ſied pas : il eſt fait pour en être l'objet. Mais la plaiſanterie, lorſque la raiſon s'en ſert habilement, eſt un moyen efficace pour ramener les méchans, & les engager à faire au moins les premiers pas d'un retour utile ſur eux-mêmes, en réveillant dans le fonds de leurs cœurs ces ſentimens de bonté & de juſtice que vous reconnoiſſez dans tous les hommes. Le ridicule les ſurprend : leur amour propre eſt étonné de leur propre difformité ; ils n'étoient pas en garde contre ce trait inattendu : le mépris & l'indignation les auroient révoltés.

Sur nos Theatres, jamais la vertu n'a fait rire : je ne dis pas ſeulement les honnêtes gens ; mais même ſes plus grands ennemis, ceux qui s'en ſont éloignés par leurs déreglemens. Lorſqu'un homme ſincere & crédule eſt trompé par un fripon ingénieux, on rit, non de ſa candeur qui eſt reſpectable, mais du défaut de lumieres qui l'a fait tomber dans le piége. S'il avoit réuni la prudence à la ſincerité, & qu'on l'eût mis en oppoſition avec l'homme ingénieux, mais de mauvaiſe foi, le dernier ſeul eût excité notre mépris ; & ſi ſes actions n'euſſent pas été de nature à produire des effets funeſtes, le rire n'eût éclaté que contre lui-ſeul. Que réſulte-t-il de cet effet de la Comedie? Une leçon à l'homme vertueux d'être ſur ſes gardes : c'eſt un avertiſſement du danger dont il eſt menacé. Tous les jours les honnêtes gens ſont expoſés par leur peu d'attention, à devenir les victimes des méchans : la Comedie par ces exemples utiles les éclaire ſur leurs véritables intérêts. Si je ne craignois de nous engager dans une trop longue diſcuſſion, il me feroit facile de vous multiplier les exemples. J'ai choiſi celui de l'honnête homme trompé par le fripon, parce que c'eſt une des plus abondantes ſources du ridicule que la Comedie employe, & que vous l'avez choiſi vous-même.

Il ne me reſte plus qu'à parcourir avec vous les Comedies que vous citez, & qui effarouchent votre zele pour la vertu. Un fripon gentilhomme dupe un bourgeois entêté de nobleſſe. Ce n'eſt point le gentilhomme qui eſt le perſonnage intéreſſant de la piece : *Moliere* ne s'attache pas à couvrir ſa friponnerie du voile d'une apparente honnêté ; on voit que ſon unique deſſein eſt de montrer à quel degré d'erreur & d'impertinence peut parvenir un bourgeois, qui s'expoſe ſans lumieres à franchir les bornes de ſon état. Oſeroit-t-on ſoutenir que ce n'eſt pas le but de l'Auteur, qu'il ne l'a pas atteint, & que cette leçon n'eſt pas utile? Eſt-ce à l'imprudence de la fille de *M. de Sottenville* que le Parterre applaudit, ou à la punition de *Georges Dandin*? Pour en être éclairci, examinez la piece. Rien de plus froid que les ſcenes où cette femme criminelle eſt ſeule; le rire ne s'éveille que lorſque ſon mari eſt témoin des affronts qu'elle lui fait. N'eſt-ce pas une leçon aux hommes que l'ambition engage à former des nœuds mal aſſortis? Si *Georges Dandin* & ſa femme étoient de même âge, de même condition; s'ils ne differoient pas par les principes de l'éducation primitive, & qu'il fût trahi par ſa femme, ſûrement il ne feroit pas ridicule. J'ai aſſiſté très-ſouvent aux repréſentations de l'*Avare*, jamais je n'ai vû rire, lorſque le fils d'*Harpagon* répond à ſon pere qu'il n'a que faire de ses dons. On rit de voir un fils, qui vole un pere, dont l'avarice l'a réduit à cette extremité vicieuse, mais moins criminelle que la parcimonie outrée d'un homme en qui la cupidité des richesses étouffe tout autre sentiment. L'*Avare* est puni trop doucement par le ridicule qu'on jette sur toutes ses actions. Prêter à usure est un vol. Les biens ne sont rien pour celui qui s'en refuse l'usage, aussi bien qu'aux autres. Qu'apprend-on en voyant l'*Avare* ? Qu'il faut être juste dans l'emploi des richesses ; qu'il ne les faut pas dérober à la societé ; que les enfans y ont une part légitime ; qu'en se concentrant, qu'en ensevelissant, pour ainsi dire, son ame dans son trésor, on se rend méprisable aux yeux même de ses enfans, auxquels on ne devroit inspirer que des sentimens de vénération & d'amour ; que ce n'est pas assez d'avoir contribué en machine aveugle à leur existence, pour exiger leur respect, il faut s'en rendre digne par ses vertus. Le fils qui manque d'égards pour un pere, quoique peu respectable d'ailleurs, n'est pas cependant excusé, il n'est pas-là pour se faire aimer, il partage le ridicule avec son pere ; & s'il y a quelques objets intéressans dans la piece, ce n'est pas surement le fils d'*Harpagon*, mais la tendresse innocente d'*Elise* & de *Valere*.

Moliere, selon vous, *n'a point prétendu corriger les vices, mais les ridicules*. S'il a corrigé le ridicule, & que le ridicule ne prenne sa source que dans le vice, votre distinction est défectueuse. L'*Avare*, le *Tartuffe* sont des personnages vicieux : je crois qu'il est inutile de le prouver. La sottise de *Georges Dandin* & du *Bourgeois Gentilhomme* tire son origine de l'orgueil. L'orgueil est-il un vice ? L'*Ecole des Maris* peint & couvre de ridicule un homme défiant. La jalousie, ce sentiment odieux, qui produit quelquefois de si funestes effets, est exposée à l'opprobre qu'elle mérite. Est-ce un vice que la jalousie ? En un mot, parcourez toutes les Comédies de *Mo-*

liere, vous verrez partout le ridicule émaner du vice, qui eſt ſon unique ſource.

Je finis l'examen des pieces de *Moliere* que vous avez citées, par la Comédie du *Miſantrope* ſur laquelle vous vous êtes le plus étendu. Je ne m'arrêterai pas à réfuter vos obſervations critiques ſur la conduite de cette Comédie : c'eſt un objet étranger à notre queſtion. Quel eſt le deſſein de *Moliere* dans le portrait qu'il nous donne d'Alceſte ? Celui de repréſenter un honnête homme, dont la vertu rigide eſt accompagnée d'imperfections blâmables, & qui ne ſont que trop capables de défigurer ſes meilleures qualités. Le but de la Comédie eſt de corriger les hommes ; & les honnêtes gens ſont dignes de ſes plus grands efforts. C'eſt en leur faveur qu'elle doit réunir ſes traits les plus vifs, pour les préſerver des excès auxquels ils peuvent s'emporter. Il faut aimer la juſtice, c'eſt une maxime générale ; mais pour en faire l'application, il faut la connoître. On peut tomber dans l'égarement, non par une ſurabondance d'amour pour la vertu, mais par un emportement deplacé contre les hommes qui ſont aſſez malheureux pour s'en écarter, cet emportement eſt contraire à la raiſon, qui ne choiſit jamais les extrémités. La modération eſt inſéparable de l'équité : l'homme juſte ſçait que nos connoiſſances ſont bornées comme notre être : il craint toujours de franchir les limites. Il y a un terme par-delà lequel nos lumieres ſe changent en ténebres, & notre zele dégénere en fanatiſme. Dès-lors on commence à être injuſte; c'eſt-à-dire, à reſſembler à ces hommes contre leſquels on s'éleve avec trop de violence : on s'imagine être raiſonnable, on paroît abſurde : ce n'eſt point par excès de vertu ni de raiſon; car la raiſon & la vertu ne ſont pas ſuſceptibles d'excès, c'eſt erreur de l'eſprit, c'eſt vice d'imagination. En diſant qu'on aime la vertu, acquiert-on le droit de blâmer tout ce qui n'eſt pas conforme à notre façon de penser, & de s'exclure seul du mépris général, & de l'indignation dont on veut accabler le genre humain? Cette prétention monstrueuse, qui prend sa source dans l'humeur, pénetre aisément toute l'ame, si la raison n'oppose une digue à la rapidité du torrent, & ne nous ramene à des sentimens plus doux : on devient cruel & vicieux en prêchant sans cesse la vertu & l'humanité : on substitue le chagrin, la colere, les passions les plus incommodes à la société, à la place de l'honneur & de la probité qu'on a sans cesse dans la bouche, & dont on a défiguré les idées dans une imagination déréglée, & l'on finit comme *Alceste par chercher sur la terre un endroit écarté, où d'être homme d'honneur on ait la liberté*; c'est-à-dire, homme d'honneur à sa maniere, en vivant seul.

Les Comédies d'intrigue, inférieures sans doute, ou attaquent des imperfections moins caractérisées, ou nous intéressent par quelques avantures imaginaires, & ne réussissent qu'à proportion du dégré de vraisemblance qu'elles nous présentent. Dans toutes ces pieces, c'est toujours par le contraste des bonnes & mauvaises qualités des personnages qui agissent, que notre attention est fixée : & indépendamment de la sage administration de tout peuple policé, le Public seul suffiroit pour réprouver toute piece où l'Auteur s'attacheroit à rendre le vice aimable, & la vertu méprisable.

Regnard, dites-vous, *se charge d'encourager les filoux*; & pour le prouver, vous citez, non le *Joueur*, mais le *Légataire*. *Eraste, l'honnête homme de la piece, s'occupe avec son cortege de soins que les Loix payent de la corde. Faux acte, supposition, vol, fourberie, mensonge, inhumanité, tout y est employé.* Je conviens que si toutes les Comédies ressembloient au *Légataire*, on n'en pourroit pas recueillir tout le fruit dont la Comédie est susceptible. Mais remarquez que c'est une piece uniquement d'intrigue, presque dénuée d'intérêt, une piece par conséquent du dernier ordre, où l'on ne laisse pas cependant d'appercevoir encore le but toujours constant de l'art du Théâtre, qui est la peinture des mœurs, & le ridicule toujours jetté sur les personnages vicieux : car enfin, de quoi rit-on dans cette piece? De l'embarras des personnages, embarras où les jette le desir de s'approprier les dépouilles du défunt. Leur avidité paroît d'autant plus ridicule aux spectateurs, que leurs prétentions sont le moins fondées. *Crispin* a moins de droit qu'*Eraste* à la succession du bon homme *Geronte*, aussi fait-il plus rire que son maître, parce qu'il est plus injuste, par conséquent plus méprisable.

Comme vous dites vous-même, *Que nos Auteurs modernes, guidés par de meilleures intentions, font des pieces plus èpurées*; je n'aurois plus rien à vous opposer sur la nature de la Comédie, si je pouvois passer sous silence le jugement que vous portez des pieces modernes. *Elles instruisent beaucoup*, selon vous, *mais elles ennuyent encore davantage*, *autant vaudroit aller au sermon.* Je vous avoue que malgré la profonde vénération que je m'efforce de vous conserver, je vous demande la permission de condamner sans ménagement ce parallele indécent. Je ne l'attendois pas d'un Philosophe, d'un homme persuadé qu'on ne peut être vertueux sans religion, d'un homme qui dans le commencement de son ouvrage justifie avec tant d'aigreur les Ministres de Geneve, de l'imputation de *Socinianisme.*

Vous comparez l'ennui occasionné par les pieces nouvelles, à l'ennui qu'on éprouve au sermon. Les Auteurs de notre siecle ne rougiront pas sûrement d'être confondus par vous avec les *Bourdaloues*, les *Massillons*, les *Segauds*, les *la Neuville* : il est honorable d'être proscrit en aussi bonne compagnie. Si un sermon opere cet effet sur vous, devez-vous en accuser le Prédicateur, ou votre disposition naturelle à vous ennuyer de toute morale qui n'a pas été ſublimée dans votre laboratoire ? Ne vous en prenez qu'à vous-même : c'eſt jalouſie de métier : c'eſt ce deſir inextinguible, de vous ériger en réformateur univerſel, qui vous dévore. Prédicateur né du genre humain, vous vous croyez ſeul appellé à cette importante fonction : vous penſez que tous ceux qui ſe mêlent d'inſtruire ſont ennuyeux, toujours en vous exceptant de cette loi commune, à laquelle vous ſoumettez tous les autres. Il faut, je penſe, ranger cette opinion au nombre de vos ſuppoſitions, dont le fréquent uſage vous paroît ſi commode. Heureuſement en vous imaginant avoir prononcé quelque choſe, vous n'avez rien dit ; car les pieces nouvelles, *qui*, ſelon vous, *inſtruiſent beaucoup*, ſont auſſi très-agréables, à moins que ſelon votre maxime ordinaire, vous ne prétendiez conclure, que l'affluence des ſpectateurs & les applaudiſſemens qu'on leur donne, ſont l'effet de l'ennui qu'elles nous procurent.

J'ignore si un homme de génie peut inventer un genre de pieces, préférable à ceux qui sont établis; mais ce nouveau genre, dites-vous, auroit besoin des talens de l'Auteur pour se soutenir, & périroit nécessairement avec lui. Pourquoi ne penseriez-vous pas, que ce genre nouveau dût se perfectionner? Cela est au moins douteux, & si je voulois déterminer l'affirmative pour moi, j'aurois à vous opposer toutes les découvertes des hommes, perfectionnées & portées au-delà des vûes de leurs premiers inventeurs. En attendant que quelque heureux créateur donne l'être à un genre nouveau, dont l'effet rende encore nos Théâtres plus agréables & plus utiles, renfermons-nous dans les genres connus jusques à présent. Ils représentent l'homme dans les actions les plus importantes de la vie : les tableaux qu'ils nous offrent nous retracent les vertus dont nous sommes capables, & les foiblesses auxquelles nous sommes exposés. Annoncer la vertu, c'eſt rappeller l'homme à lui-même : le vice, dans quelque attitude qu'on le place, ne peut changer de nature : dès qu'il ſe montre, il excite notre averſion, & l'on ne peut trop connoitre les déguiſemens qu'il employe pour nous ſéduire, cette connoiſſance ſert à nous précautionner contre ſes ſurpriſes. Si quelque choſe eſt capable de contenir la fougue des paſſions ſous les loix modérées de la raiſon, c'eſt un art qui peut, en les faiſant agir, nous faire ſentir leurs forces, l'étendue de leurs mouvemens, nous indiquer quelles barrieres nous pouvons leur oppoſer, & nous conduire, par une combinaiſon inſenſible, à marquer les différens dégrés de conſentement qu'il nous eſt permis d'accorder à ces penchans ſi néceſſaires & ſi dangereux. Un tel art, loin d'être regardé comme nuiſible, ne doit pas être mis au rang des amuſemens indifférens, puiſque de votre aveu *le cœur de l'homme eſt toujours droit, ſur tout ce qui ne ſe rapporte pas perſonnellement à lui-même*, & que par conséquent il n'est pas à redouter, que les spectateurs se trompent dans les jugemens qu'ils porteront d'une action qui ne se rapporte pas à eux personnellement, & qu'au contraire il y a tout lieu d'espérer, que s'il se présente quelqu'occasion pareille, ils se jugeront comme ils ont jugé les autres, & feront sur eux-mêmes l'application de leurs propres maximes. Il est redoutable au crime dont il démasque la difformité; il est avantageux à la vertu, en réunissant sous le point de vûe les plus précis les traits qui la rendent aimable. L'art du Theatre, bon en lui-même, doit être compté parmi les inventions les plus utiles à l'humanité.

Pour affirmer que l'art Dramatique ne peut s'allier avec les mœurs, il faudroit avoir prouvé que la morale du Theatre est différente de celle du monde, ce que vous n'avez pas fait, ni pû faire. La vertu ne varie point. S'habiller, ou penser en Romain, n'est pas la même chose, comme vous voudriez le persuader. Cette pensée est plus éblouissante que solide. On ne s'habille plus comme les Romains ; mais l'élevation des sentimens ne dépend point de l'habillement : la noblesse de l'ame est de tous les tems, & n'est point sujette aux vicissitudes de la mode.

Vous reprochez à notre Theatre d'avoir cherché à donner plus d'énergie au sentiment de l'amour, pour substituer aux situations prises dans les intérêts de l'Etat qu'on ne connoît plus. Appartient-il au Theatre de discuter les intérêts de l'Etat? Ces intérêts, qui varient à l'infini par cette multitude de circonstances qui se succedent sans interruption, sont confiés aux soins du gouvernement ; & de quelle utilité pourroient être les verités que cette discussion feroit découvrir ? Des verités que le Prince & le Ministre connoissent mieux que nous, & dont eux-seuls ont le droit de faire l'application. Le but de l'art Dramatique est de former les hommes à la vertu, & de perfectionner les mœurs. Il faudroit un public composé de Souverains, pour tirer quelque utilité d'un poëme qui ne seroit fondé que sur les situations prises dans les intérêts de l'État; encore en faudroit-il de nouveaux à tous les changemens de circonstances, pour en pouvoir recueillir quelque fruit : chaque mutation exigeroit une production nouvelle : la leçon du jour ne seroit plus celle du lendemain : les évenemens ne sont jamais les mêmes; mais la vertu ne change point, & son influence sur les mœurs est invariable.

Vous accusez les Auteurs de concourir à l'envi, *pour l'utilité publique, à donner une nouvelle énergie, un nouveau coloris à l'amour.* Cette passion est nécessaire, & n'est, ainsi que toutes les autres, dangereuse que par l'abus. C'est travailler pour le genre humain, que de l'assujettir aux regles d'une morale pure, & d'indiquer l'usage de ce sentiment délicieux. Interrogez la nature, elle vous devoilera ses mysteres : l'art Dramatique nous exhorte à ne pas les profaner par des excès pernicieux;

il couvre cette paſſion du voile de la décence. Si la modeſtie & l'honnêteté étoient exilées de la terre, vous trouveriez encore leurs veſtiges chez *Thalie* & *Melpomene*.

L'amour eſt le regne des femmes. Pur galimatias, définition louche. L'amour eſt le penchant mutuel des deux ſexes pour operer une des plus nobles fins du Créateur : il n'eſt pas plus le regne des femmes que celui des hommes : la réſiſtance du ſexe le plus foible, balance l'avantage que la puiſſance donne au plus fort, & les rend égaux. Cet ordre naturel eſt, ainſi que tous les autres ordres, un juſte partage reglé par une providence équitable.

Une femme aimable & vertueuſe n'eſt pas un être de raiſon, comme vous le prétendez, en demandant : *Où ſe cache-t-il ?* Vous êtes à plaindre ſi vous les avez trouvées dans la ſocieté ſi différentes de celles qu'on repréſente ſur la ſcene. Peut-être que déterminé par cette façon de penſer, qui ſemble vous être particuliere, vous ne vous êtes attaché qu'à des femmes ſans graces & ſans vertu : elles vous ont fait concevoir une idée peu avantageuſe de leur ſexe, & vous en avez tiré des conſéquences à votre maniere. En ſuppoſant même que vous ayez de bonnes raiſons d'en juger ainſi, vous concluez contre vous-même ; & je n'aurois beſoin, pour vous confondre, que de tourner votre argument contre vous; car ſi le Theatre offre des modeles de vertu ſi ſupérieurs aux femmes que vous avez rencontrées dans la ſocieté, il ſeroit abſurde de dire que ces modeles, en influant ſur les mœurs, ſont capables de les corrompre.

Vous ne voulez pas qu'on rende ſur le Theatre *les femmes précepteurs du public, cela leur donne*, dites-vous, *ſur les ſpectateurs, le même pouvoir qu'elles ont ſur leurs amans ; c'eſt étendre leur empire.* Vous voudriez même, pour l'édification des mœurs, qu'à l'exemple des Anciens, les rôles des filles à marier ne repréſentaſſent jamais que des filles publiques. Toutes celles qu'une mauvaiſe éducation, l'exemple, ou des circonſtances malheureuſes, ont engagées à ſe dévouer au ſervice de la Patrie, ſous l'étendart de la volupté, vous doivent un remerciement; mais ne donnez pas vos maximes pour regle : laiſſez aux femmes vertueuſes le droit de nous attendrir ſur la ſcene, & de nous donner, ainſi qu'à leur ſexe, des leçons de vertu. Cette vertu qui vous eſt ſi précieuſe, que tout le monde aime, eſt commune aux deux ſexes : il eſt dans le monde plus d'une *Conſtance*, & plus d'une *Cenie*. La vertu perdra-t-elle de ſon prix, parce que c'eſt une femme aimable qui nous l'annonce? Aimeriez-vous mieux le crime préconiſé par une *Laïs* ou une *Rodhope*, pour offrir les dépouilles du vice comme un holocauſte à la vertu? Je craindrois de vous refuter ſérieuſement, & je veux croire que vous ſentez toute la fauſſeté de ce qu'une efferveſcence momentanée vous a fait écrire contre cette aimable moitié du genre humain. Si j'oſe ici réclamer ſes droits, n'allez pas, je vous prie

prie, vous imaginer que ce soit un effet de mon antipatie pour elle. Il n'appartient qu'à vous d'écrire contre les femmes, que vous idolâtrés, en faveur de la danse, que vous détestez, & contre les spectacles, que vous aimez à la passion. Vous êtes heureux, si cette opposition de vos sentimens à vos écrits est par tout égale.

En parcourant toutes les pieces modernes, c'est toujours une femme qui fait tout, qui apprend tout aux hommes; c'est toujours la Dame de cour, qui fait dire le catechisme au petit Jean de Saintré. Un enfant ne sçauroit se nourrir de son pain, s'il n'est coupé par sa gouvernante... La bonne est sur le Theatre, & les enfans sont dans le Parterre. Voilà l'image de ce qui se passe aux pieces nouvelles. Vous avez raison de détester la raillerie, & pour la premiere fois vous montrez votre goût conforme à vous-même. Ce froid badinage doit vous apprendre, ainsi qu'à vos lecteurs, combien le rire vous est étranger, il vous fait faire la grimace; & si l'on rit, ce n'est pas certainement d'une aussi mauvaise plaisanterie; Ce n'étoit pas la peine, pour vous efforcer si infructueusement d'être plaisant, d'avancer contre la verité, que dans les pieces modernes c'est toujours une femme qui fait tout. Il n'y en a pas une seule où les hommes ne soient chargés, ainsi qu'elles, du soin de nous instruire. *Theodon* ne le partage-t-il pas avec *Melanide*, *Damon* avec *Constance*, *Dorimon* avec *Cenie*, &c? Où donc est cette superiorité pretendue?

Ce que vous dites de l'ascendant que le Theatre donne aux jeunes gens sur les vieillards, n'est pas mieux fondé. *Auguste*, *Glaucias*, *Luzignan*, *Burrhus*, *Narbas*, *Palamede*, font-ils dans nos Tragedies des personnages de tyrans ou d'usurpateurs? *Euphemon*, *le Pere du Philosophe marié*, *le Frere de l'Ecole des Maris*, *Ariste dans le Méchant*, *Dorimon dans Cenie*; une foule d'autres vieillards rendus respectables sur la scene, font-ils des témoignages de l'avilissement que le Theatre s'efforce de répandre sur la vieillesse? Il est vrai qu'on y produit aussi des vieillards que la soif de commander rend cruels, ou que des foiblesses, sous le nom de passions, rendent ridicules. Suffit-il, selon vous, d'être vieux pour s'ériger en oracles? Où en seroit la raison humaine, si après avoir été la plus grande partie de sa vie le jouet de mille erreurs; si en multipliant les plus faux raisonnemens, en adoptant comme des dogmes merveilleux, les opinions les plus outrées; parvenu enfin par une longue habitude à se faire un systême extravagant, un vieillard avoit acquis le droit de nous donner ses sentimens pour regle? Devons-nous l'en croire aveuglément sur sa parole, parce qu'il a beaucoup vêcu? Un homme à soixante-dix ans, n'a pas quelquefois une raison de deux jours. Je conviens que les vieillards sont difficilement corrigés; mais ils ne sont mis là que pour l'instruction d'un âge plus susceptible d'en recevoir. L'humanité doit de tendres égards aux vieillards qui radotent, parce qu'ils sont hommes; mais ses respects sont réservés pour cette vieilleſſe vénérable qui a augmenté ſes lumieres naturelles par le flambeau de l'expérience, qui long-tems expoſée aux aſſauts des paſſions, a connu la nature des forces que la raiſon peut oppoſer à leur fougue trop impetueuſe ; qui par la pratique conſtante des vertus, ſçait allier l'indulgence à la ſéverité, & connoît enfin par elle-même que la modération eſt la fin la plus ſublime où puiſſe atteindre la ſageſſe humaine. On s'attache au Theatre à nous faire diſtinguer les vieillards eſtimables, des imbecilles, des *Gerontes*, dont la Comedie nous fait ſentir les défauts : on apprend à ne leur pas reſſembler, & à nous défier de toute erreur à laquelle l'autorité de l'âge pourroit donner un ton impoſant. On n'apprend point à la Comedie à manquer de reſpect aux vieillards ; mais ſeulement à ne pas donner à leurs opinions un conſentement ſans examen.

Les ſpectacles ne diſpoſent point à des ſentimens trop tendres : le ſentiment de l'amour eſt dans la nature de notre être : ils épurent ce ſentiment ; ils le dirigent vers un but légitime. C'eſt chez les Peuples dépourvûs de cet amuſement inſtructif, que l'amour eſt le plus ſujet à s'égarer. Les *Aſiatiques* n'ont rien de ſemblable à nos Tragédies & nos Comedies ; cependant cette paſſion devient le plus ſouvent chez eux une agitation violente, qui degénere preſque toujours en fureur, & qui avilit la nature humaine. Ce ſentiment délicat fortifié dans nos villes de l'Europe civiliſée par le commerce des deux ſexes, ne produit point chez nous les excès auxquels les *Turcs* & les *Perſans* ſe laiſſent emporter : on ne voit point l'amour barbare avilir la nature, l'outrager juſques dans le ſanctuaire de la génération, ſacrifier par une précaution criminelle l'eſpece humaine à ſa honteuſe jalouſie, & créer des monſtres pour anéantir ſes ſoupçons. La ſageſſe chez nous n'eſt point enchaînée, tandis que l'impudence eſt aux fers dans les Sérails de *Conſtanti-*

nople, remplis de Georgiennes & de Circaſſiennes que le vil intérêt a formées dès l'enfance à la pratique la plus hardie & la plus effrenée des myſteres de l'amour, pour augmenter leur prix aux yeux d'un maître voluptueux.

On s'inſtruit au Theatre à faire de l'amour l'uſage le plus conforme à la raiſon, à reſpecter la vieilleſſe reſpectable, à s'attendrir en faveur des malheureux, à ſentir le prix de la vertu, & à connoître combien le vice eſt odieux & ridicule; & il ne peut réſulter des leçons qu'on y recueille, que des clartés avantageuſes aux mœurs.

Un art qui a pour objet la perfection de la morale, dont la fin eſt d'engager tous les particuliers qui compoſent la ſocieté, à tendre au bien general, non-ſeulement doit être reçu par tout gouvernement équitable, mais même protegé & encouragé en proportion des avantages qu'il procure. L'adminiſtration publique régit un Etat par les mœurs & par les loix; l'empire des loix peſe d'autant-plus à ceux qui ſont chargés du ſoin de les faire obſerver, que les mœurs de ceux qui ſont ſoumis à leur autorité, y ſont oppoſées : la puiſſance légiſlatrice a beſoin à tous momens de redoubler ſes efforts pour les contenir. Les loix deviendroient impuiſſantes ſur un peuple ſans mœurs : une nation dont la morale ſeroit parfaite, n'auroit pas beſoin de loix : les mœurs peuvent tout ſans les loix ; & les loix ne peuvent rien ſans elles. Mais comme ces deux extrémités n'exiſtent point, & que telle eſt la nature de l'homme, que les mœurs ſoient mélangées, un art qui tend à les perfectionner, prête une nouvelle force aux loix, & facilite par conſequent les opérations du gouvernement.

L'hiſtoire de l'univers nous montre plus de vices chez les peuples privés de cet amuſement plus utile encore qu'agréable, que partout ailleurs. Pour n'être point accuſé de chercher mes avantages, je choiſis un exemple, non chez les nations barbares, mais dans le ſein de la Grece, chez un Peuple dont le fanatiſme des zélateurs de l'antiquité fait son idole. J'entens sans cesse célebrer la sagesse & la pureté des loix & des mœurs de *Sparte*; qu'offre donc de si admirable ce Peuple qu'on propose comme le sublime modele de la plus parfaite législation? Un Peuple, où sans égard pour l'humanité, une partie des habitans, sous le nom d'*Islotes*, gémissoit sous le poids accablant du plus dur esclavage, qui ne connoissoit presque d'autre vertu que la force & le courage, qualités estimables, mais qui deviennent pernicieuses, lorsqu'elles donnent l'exclusion aux autres. Ces loix si vantées auroient dû inspirer à leurs observateurs les sentimens les plus nobles & les plus relevés de la véritable générosité, sans laquelle on n'a que des idées imparfaites de la justice. Les *Lacedemoniens* devoient être les plus grands des hommes, le premier Peuple de la Grece. Je demande si l'on peut être équitable sans humanité; & si l'abus de la victoire n'est pas l'injustice la plus révoltante, d'autant plus que le vainqueur, arbitre des vaincus, ne peut s'excuser sur la nécessité qui le contraint d'adopter des maximes odieuses ; il dicte ses loix en pleine liberté, rien ne l'empêche de consulter la vertu. Voyons quel monument de justice ils laisserent dans Athenes, lorsqu'ils s'en emparerent sous *Lysander*, qui termina par sa prise la guerre du Peloponese. Maîtres du sort de cette ville infortunée, dont les armes unies aux leurs, avoient tant de fois contribué à la défense commune de la liberté de la Grece ; ces *Spartiates* si jaloux de la liberté, qui pensoient qu'on cessoit d'être homme en cessant d'être libre, n'eurent pas de honte d'être eux-mêmes les artisans de la servitude, & de forcer les *Atheniens* de recevoir chez eux la domination injurieuse de trente tyrans. Est-ce à l'école des tyrans, que le Theatre représente toujours comme des monstres, qu'ils avoient puisé ces principes d'inhumanité ? Quelle morale de Tragédie avoit pû leur apprendre à souiller leur triomphe ? Il n'y avoit point de Theatre à Sparte ; il auroit corrompu leurs mœurs : des personnages imaginaires représentant la difformité des vices eussent été dangereux ; mais ils faisoient enyvrer leurs esclaves pour instruire leurs enfans ; mais ils permettoient, ils encourageoient même le vol réel, pour se rendre plus soigneux & plus adroits ; c'est-à-dire, qu'il falloit qu'une partie des citoyens commît de mauvaises actions pour l'édification de l'autre. La passion de l'amour tendant à une union légitime, eût alteré les principes de sagesse d'un peuple dont les jeunes gens alloient prendre leurs femmes dans une maison obscure, où les filles renfermées attendoient qu'on vint les épouser sans les voir ; mais en récompense ils avoient des danses publiques, où les filles dansoient toutes nues avec les garçons : aussi avoient-ils des idées si relevées de la décence & de l'honnêté, que vaincus par *Aristodeme* Roi des *Messeniens*, qui les avoit taillés en pieces, ils ne firent pas difficulté de prostituer leurs femmes & leurs filles, pour favoriser la population. Voilà les mœurs respectables de ce peuple : voilà le digne fruit de l'extrême sévérité des loix de *Lycurgue*. Ce qui prouve que les loix les plus sages ne sont pas celles dont la violence brise, mais celles dont l'équité dirige les mouvemens de la nature. Voit-on moins de courage & de constance chez les Atheniens que chez eux? Les *Solons*, les *Socrates*, les *Aristides*, les *Themistocles*, les *Phocions* n'égalent-ils pas les *Lycurgues*, les *Agis*, les *Leonidas*, les *Pausanias*, &c?

Lycurgue outra les principes de sa législation, en donnant tous ses soins à perfectionner la vertu militaire aux dépens de toutes les autres. Il vouloit former une République toute guerriere : il y parvint ; mais n'auroit-il pû réussir à moins de frais? Les *Lacedemoniens* ont été aussi souvent vaincus que vainqueurs, & les autres peuples de la Grece, conduits par des loix moins austeres, leur ont prouvé plus d'une fois que le courage n'étoit pas un attribut exclusif de l'âpreté des mœurs. Un habitant de l'Attique, qu'auroit dû amollir la représentation familiere des Ouvrages de *Sophocle*, d'*Euripide* & d'*Aristophane*, se mesuroit sans crainte avec un farouche défenseur des bords de l'*Eurotas*. Même intrépidité, même amour de la patrie, même oubli de sa propre conservation, lorsqu'il falloit la sacrifier à la défense commune.

On peut juger par ces effets que les spectacles ne sont pas capables d'énerver le courage. De l'Antiquité, dont le gouvernement en bien des parties est pour nous une énigme difficile à éclaircir, descendons à notre siecle. Un Héros dont la France regrette encore la perte, qui pouvoit compter les opérations de ses campagnes par ses succès, à qui l'on ne peut refuser la supériorité des vertus militaires, juste appréciateur du courage, *le Maréchal de Saxe*, étoit si éloigné de penser que les spectacles puſſent diminuer l'intrépidité, qu'il vouloit même qu'ils accompagnaſſent nos guerriers à l'armée. Là parmi le tumulte des armes, les embarras d'un décampement, les travaux journaliers d'un ſiege, les préparatifs d'une bataille, les Comédiens tranquilles & protégés repréſentoient à l'ombre des lauriers de la Nation. Nos généreux guerriers couroient affronter les plus grands périls à la tranchée ou au combat, au ſortir d'une repréſentation du *Préjugé* ou d'*Alzire*, ſans avoir beſoin qu'un *Tyrtée* moderne leur modulât ſur ſa flûte les différens tons de la valeur.

Je crois avoir ſuffiſamment prouvé par ces exemples, que le Gouvernement ne doit pas redouter, que les ſpectacles portent la moindre atteinte à la vertu guerriere ; mais cela ne démontreroit pas inconteſtablement, que l'adminiſtration publique dût favoriſer leur introduction dans un Etat. Comme la plus juſte guerre a la paix pour objet, & qu'on ne prend les armes que pour assurer le bonheur & la tranquillité de la Nation, c'est dans cet état paisible qu'il faut la considérer.

Les hommes destinés par la Providence aux fatigues d'un travail assidu & pénible, ont besoin de renouveller leurs forces dans le repos : le plaisir est la récompense de leurs peines : le délassement leur est aussi nécessaire que la nourriture : un travail continu épuiseroit autant leurs forces que la privation des alimens. Il est incontestable que le Gouvernement a un intérêt sensible de leur procurer des amusemens.. N'est-il pas de sa sagesse de se servir d'un art qui tire une source d'instructions d'un objet de plaisir ? Dans l'usage de presque tous les autres divertissemens, il faut du repos encore après le plaisir, pour se mettre en état de s'appliquer au travail, par conséquent double perte de tems pour les occupations utiles. Cela est si vrai, que tous les artisans qui consacrent un des jours de la semaine à la joye, ſont encore obligés d'en ſacrifier un autre au repos, pour réparer l'abattement où les a réduits l'excès de la veille. Le plaiſir du ſpectacle n'a point cet inconvénient. L'ame y acquiert de nouvelles lumieres, & le corps n'y perd rien de ſa vigueur. On quitte & l'on reprend ſes occupations, ſans que la Comédie ait produit d'autre mal, que de remplir un intervalle de tems deſtiné à ſe récréer.

Le zele pour le bien de ma patrie m'a fait deſirer plus d'une fois, qu'il fût poſſible de rendre nos Théâtres plus ſpacieux, pour qu'on y pût, en multipliant les différences des places, les mettre à la portée des facultés de tous les ordres de la ſociété ; & que le peuple fût invité, par la médiocrité de la retribution, à y venir prendre des leçons de vertu & d'honnêteté. Ces aſſemblées nombreuſes, qui nous préſenteroient l'image d'une Nation réunie ſous les auſpices du plaiſir à l'école de la raiſon, vaudroient bien les fêtes bachiques que vous célébrez avec tant de cordialité, & dont je crois qu'il eſt ſuperflu de vous faire ſentir les conſequences, qui ſe manifeſtent d'elles-mêmes. Il n'y a point de plaiſir indifférent, & l'intention de tout Gouvernement doit être de favoriſer ceux qui portent le caractere le plus marqué d'une utilité générale.

L'art du Théâtre étant bon par lui-même, il ne peut être deshonnête d'en exercer la profeſſion. Attacher de la honte à l'exercice d'un art eſtimable, paroîtra toujours une abſurdité inſoutenable à tous les hommes qui voudront conſulter la raiſon dans leurs jugemens. Auſſi inconſéquent dans cette partie de votre diſcours que dans tout le reſte, permettez-moi de vous mettre un inſtant aux priſes avec vous-même. Vous avouez que perſonnellement vous *avez tout lieu de vous louer des Comédiens, & que l'amitié du ſeul d'entre eux, que vous avez connu particulierement, ne peut qu'honorer un honnête homme*. Voilà vos expreſſions. Où avez-vous donc puiſé cette odieuſe pré-

présomption que vous formez contre leurs mœurs, pour les transformer de votre autorité *en séducteurs & en fripons* ? Sur quoi fondez-vous le mépris que vous prodiguez à des gens dont les procédés à votre égard vous ont paru louables ? Ce ne peut être certainement sur le témoignage de votre conscience, vous ne pouvez les condamner que sur le témoignage des autres, sur des ouï dire, que devoit démentir, ou du moins balancer votre propre expérience. Vous avez de singulieres idées du prix attaché à la qualité d'honnête homme, pour vous croire permis d'en dépouiller aussi légerement, sur la foi d'un préjugé frivole, des gens dont la conduite avec vous paroissoit mériter un jugement plus favorable. Est-il rien de plus injuste ? Avez-vous oublié cette protestation que vous adressez à vos Lecteurs ? *Craignez mes erreurs, & non ma mauvaise foi.* Mais comme le jugement que l'on doit porter du blâme, ou de la considération que mérite la profeſſion de Comédien, eſt indépendant de votre façon de penſer, voyons donc en quoi elle peut être deshonnête.

L'art du Comédien eſt d'imiter les paſſions. Tous les arts dont l'objet eſt d'imiter les paſſions ſont-ils mépriſables ?

Il eſt expoſé au jugement public. Sur quels arts, ſur quelles profeſſions ce jugement ne s'exerce-t-il pas, plus ou moins ?

Il peint des paſſions qui ne ſont pas les ſiennes. Quel artiſte n'eſt pas dans ce cas ?

Enfin il paye de ſa perſonne. Eſt-il honteux de ſe produire perſonnellement dans un exercice autoriſé par la raiſon ?

L'objet preſque général de tous les arts, eſt l'imitation des effets de la nature. Beaucoup ſont conſacrés en tout ou en partie à peindre les paſſions. Un Poete, un Orateur, un Peintre, un Statuaire, un Muſicien ne ſont que des imitateurs des paſſions. Il n'en eſt aucune qui n'entre dans la compoſition de leurs ouvrages, animées par le feu du génie elles acquierent cette force d'expreſſion qui nous entraine & nous ſubjugue. La multiplicité des images qu'elles nous préſentent, éleve notre ame & lui procure de nouvelles lumieres. Les artiſtes ſont des nouveaux *Promethées*, qui ont ravi le feu céleſte pour éclairer la terre. Le flambeau des arts ſemble donner une ſeconde exiſtence à tout ce qui l'approche. L'empire de la raiſon & de la vertu s'accroît par l'aggrandiſſement du cercle de nos idées. Tel eſt le privilege des arts, dont les principes ſont dans tous les hommes, mais dont la faculté de les développer eſt réſervée à un ſi petit nombre : auſſi rien de plus juſte que le tribut légitime de notre reconnoiſſance. L'eſtime publique eſt la plus noble récompenſe des hommes à talens ſupérieurs. Le Comédien eſt un artiſte imitateur ainſi que le Peintre, le Statuaire & le Muſicien : il faut que comme eux le génie échauffe ſon imitation, & vivifie les productions de ſon art.

Il eſt expoſé au jugement public. Eſt-il donc infâme d'être expoſé aux jugemens des hommes ? Il n'y a que l'ennemi du genre humain qui puiſſe regarder l'obſcurité comme une faveur, & s'envelopper avec plaiſir dans des ténebres impénétrables, qui le dérobent au jugement de ſes ſemblables. On doit redouter le jugement du Public : cette crainte eſt louable. Quel eſt l'homme en effet qui peut être aſſez préſomptueux, pour ne pas craindre un tribunal qui juge tout en dernier reſſort, & qui ne varie jamais dans ſes jugemens ? Mais cette crainte dans une ame généreuſe cede au deſir de ſe rendre utile à ſes concitoyens, & de mériter par ſes travaux le prix de l'approbation & de l'eſtime publique. Oſeroit-on ſoutenir, qu'ainſi que tout autre artiſte, le Comédien ne ſoit pas honoré, lorſque les applaudiſſemens publics couronnent ſes efforts ? La condamnation prononcée par ſes juges fait ſon ignominie ; mais eſt-ce ſur ſa profeſſion ou ſur ſon incapacité que retombe cet affront? Tous ceux qui cultivent les arts, ne ſont-ils pas expoſés aux mêmes inconvéniens, dès l'inſtant qu'ils publient leurs productions?

Le Comédien repréſente des paſſions qui ne ſont pas les ſiennes. Parmi ceux qui cultivent les arts, en eſt-il un ſeul qui ne ſoit pas dans ce cas? Tout artiſte n'étoit peut-être pas affecté des paſſions, qu'il a repréſentées, avant que de s'occuper à les peindre; mais dans le moment qu'il les fait agir, il n'y a que le ſentiment qui puiſſe donner de la force à ſon expreſſion. Le Comédien avant que d'entrer ſur la ſcene n'éprouvoit pas les mouvemens qui agitent l'ame de *Brutus*, ou de tel autre perſonnage qu'il repréſente; mais au moment qu'il commence à entrer en action, il les reſſent tous ſucceſſivement, ainſi que tout autre artiſte imitateur: ces affections deviennent pour lors les ſiennes. Un Orateur qui dans un diſcours véhément fait parler les paſſions, n'eſt il pas obligé d'adopter, de s'approprier intimement des ſentimens qui ſont abſolument étrangers à ſa perſonne, mais qui ſont dépendans des propoſitions qu'il veut établir ? C'eſt à cette flexibilité des ames qui ſentent avec force & rapidité, qu'on doit l'excellence des arts. Plus un homme connoît les paſſions, plus il a de liberté & de vigueur pour les faire agir, plus il eſt ingénieux à en développer les différens reſſorts, plus il eſt en état de ſoumettre leurs effets à une juſte combinaiſon : c'eſt en nous éclairant ſur l'étendue du pouvoir des paſſions, que nous pouvons apprendre à les contenir dans leurs bornes légitimes, & à les conformer aux regles de la raiſon & de la vertu.

Il paye de ſa perſonne : c'eſt la derniere & la plus forte objection dont vous vous armiez. Je vais dans un parallele très-court la réunir aux précédentes. Ce parallele nous montrera de quel poids eſt, pour votre ſentiment, la différence qu'on doit mettre entre la honte qui ne frappe que l'ouvrage,

& celle qui s'attache à la perſonne. Un *Orateur à Rome* gratifié pour ſoutenir le droit de ſes parties, par conſéquent auſſi peu deſintéreſſé que le Comédien, qui repréſentoit, ainſi que lui, des paſſions qui n'étoient pas les ſiennes, pour perſuader ſes juges, & les déterminer à favoriſer une prétention quelquefois légitime, quelquefois injuſte, & le plus ſouvent problématique, qui s'expoſoit en public, qui payoit de ſa perſonne, qui couroit le même riſque que le Comédien, dont la réputation n'étoit fondée que ſur ſes ſuccès, ambitionnant les applaudiſſemens, & redoutant le blâme public, en méritoit-t-il moins l'eſtime ? Mais, m'objectera-t-on, *Hortenſius* enviſageoit une fin utile, c'étoit de faire triompher les loix, celle *de Roſcius* étoit-elle moins noble ? Il faiſoit regner les mœurs. J'oſe même ajouter que la juſtice eſt une, & que dans toutes les cauſes ſoumiſes à la déciſion du peuple Romain, il étoit d'une certitude abſolue qu'une des parties avoit tort ; cependant celle qui soutenoit une prétention injuste, trouvoit un Patron qui se chargeoit de défendre la légitimité de ses droits. Je veux bien croire que tout Orateur étoit persuadé de la pureté d'intention de ses cliens, & que sa conscience s'en rapportoit à leur bonne foi, qui le rassuroit contre le danger d'avilir l'usage de l'éloquence, en l'engageant à la solde de l'iniquité. Mais le Comédien ne couroit pas le même risque, celui dont le personnage représentoit un caractere injuste & vicieux, étoit toujours condamné de droit, il étoit sur le Theatre pour perdre sa cause.

Il ne me reste plus qu'à examiner la conduite & les mœurs tant décriées des Comédiens. Vous prétendez qu'ils ne peuvent être réprimés par les loix, & M. Dalembert semble vouloir insinuer, qu'il seroit à propos de redoubler la sévérité des loix pour les contenir. *Ne seroit-il pas possible*, dit-il, *de remédier à cet inconvénient par des loix séveres, & bien exécutées sur la conduite des Comédiens?* Les loix civiles & criminelles ſont établies pour aſſurer la tranquillité des citoyens : l'ordre public dépend de leur obſervation. Il s'agit de ſçavoir ſi les Comédiens ſont peſés plus ſouvent que les autres hommes dans la balance de Themis. Je crois qu'on entend rarement retentir les tribunaux de leurs contentions : tandis que tant de particuliers avides ne rougiſſent pas de produire tous les jours à l'audience les conteſtations les plus indécentes & les plus injuſtes : il n'y a point de corps moins litigieux. Mais comme cette profeſſion eſt plus agréable que lucrative, & que ceux qui l'exercent ne ſont pas accuſés d'augmenter leurs fortunes par de fréquentes acquiſitions, on pourroit objecter la médiocrité de leur état pour raiſon de leur ſilence. Les voit-on mériter davantage l'attention des interpretes des loix, dictées pour réprimer les attentats contre la ſociété ? C'eſt une vérité ſinguliere, que j'oſe affirmer après de ſcrupuleuſes recherches,

& qu'on peut diſcuter dans la derniere rigueur : depuis que nous avons des ſpectacles réguliers en France, jamais Comédien n'a été immolé à la ſûreté publique, en expiation de ſes forfaits. Feuilletez, compulſez les regiſtres criminels, vous ne verrez point leurs noms inſcrits dans ces faſtes du crime : eſt-ce à l'impuiſſance de l'autorité qu'ils doivent leur impunité ? Sont-ils ſi élevés que les loix ne puiſſent les atteindre ? Il ſeroit abſurde de le penſer. Ils ſont tranquilles, ils ne troublent point l'ordre public : victimes d'un préjugé qui les flétrit moins que ceux qui en ſont prévenus, ils trouvent dans l'art même qu'ils profeſſent, des reſſources contre l'anéantiſſement où devroit les plonger l'opinion de la multitude : organes journaliers des plus ſublimes leçons de vertu, il n'eſt pas poſſible que leur ame n'en acquiere le goût : ils ſe ſont aimer : les perſonnes ſenſibles aux agrémens de la ſociété recherchent leur commerce, & cultivent leur amitié :

ils sont ordinairement doux & civils. Sujets à s'égarer, ainsi que les autres hommes, leurs plus fréquentes erreurs naissent de la jalousie de leurs rôles; jalousie qui les aveugle, parce qu'ils sont sujets à confondre l'ambition déréglée avec l'émulation que produit l'amour du talent, mais ces querelles peu importantes n'étouffent point en eux les sentimens de l'humanité: ils s'imposent volontairement l'obligation de s'aider mutuellement. Jamais Comédien ne voit son confrere dans l'infortune, sans le secourir selon ses facultés, ces secours n'humilient jamais l'objet de leur générosité : une partie du produit de leurs travaux est destiné au soulagement des pauvres. Dans les Provinces ils consacrent, sans y être contraints, des représentations dans le cours de l'année aux besoins de l'indigence. Tel déclamateur outré contre cette profession prétendue profane, ne retrancheroit pas la moindre portion des revenus, plus que superflus, qui lui sont assignés, en faveur de l'humanité fouffrante, tandis qu'un Comédien, fans oftentation, apprend à reffer-rer les bornes de fon néceffaire, fans autre motif que de remplir les fonctions d'homme fenfible : voilà les hommes pour lefquels on croit qu'il feroit néceffaire d'appéfantir le joug des loix. Que ne puis-je, pour l'honneur de ma patrie, anéantir une opinion que la raifon défavoue ! Avoir recours au préjugé pour avilir une profeffion, c'eft fe fervir d'une arme fi fragile & fi deshonorante, que je n'aurois jamais foupçonné un Philofophe de l'appeller au fecours de fon raifonnement.

C'eft au tribunal de la raifon & de l'expérience, que l'on doit appeller de la condamnation rigoureufe prononcée contre un art, auffi eftimable dans fon principe, qu'avantageux dans fes effets. J'ofe reclamer, en faveur de l'humanité, les droits qu'il a de prétendre à l'approbation de tout homme qui penfe : ferions-nous affez injuftes pour le profcrire, tandis que tant de profeffions pernicieufes, ou du moins indifférentes & frivoles par leur inutilité reconnue, échappent au mépris dont on flétrit l'école de la sagesse & de la vertu? Abjurons ce sentiment barbare plus digne des *Huns* & des *Vandales* que d'un siécle éclairé : ayons le courage d'estimer publiquement ce que nous approuvons en secret. Si l'on doit rougir, c'est de s'asservir sans examen à l'empire de l'opinion, lorsqu'elle n'a que le prejugé pour fondement.

Il seroit inutile de s'arrêter à discuter le mérite des fréquentes digressions dont votre ouvrage est semé. L'utilité prétendue d'une *Cour-d'honneur*, que vous voudriez substituer au tribunal de Messieurs les Maréchaux, peut être rangée dans la derniere classe des chimeres politiques. J'ai connu un fort honnête homme, qui rêvoit quelquefois. Il avoit imaginé le projet de l'établissement d'une *Cour de raison*, où l'on devoit employer d'abord les remedes les plus doux, les plus efficaces ensuite, jusqu'aux petites maisons inclusivement, pour temperer les ebullitions de l'esprit, & corriger les écarts de l'imagination. Je lui représentai l'absurdité de son systême, en lui faisant comprendre l'impossibilité de donner des entraves à l'opinion : il me crut, & fit grace au public, en lui épargnant la lecture de deux gros volumes qui contenoient le plan raisonné de cette nouvelle institution : ils ne verront point le jour, à moins qu'on n'imprime les Projets posthumes de feu *Monsieur l'Abbé de S. Pierre.*

Je ne m'épuiserai pas en efforts superflus, pour vous prouver que les fêtes & les bals publics, que vous preferez aux spectacles, sont exposés aux mêmes inconveniens que vous reprochez au Theatre, où les deux sexes se trouvent également réunis. Comme tout plaisir qui s'accorde avec l'honnêté & la décence, ne peut être dangereux que pour les ames perverses qui abusent de tout, inventez de nouveaux divertissemens, & que le goût vous serve de guide, personne n'y contredira.

Je reconnoitrai alors en vous l'ami du genre humain, qui s'occupe de la félicité de ses semblables. J'admirerai même avec vous le délicieux effet que devoit produire à Geneve, le branle ou la contredanse du *Regiment de S. Gervais*; & je me garderai bien d'être assez rigoureux pour trouver mauvais que les Dames de la ville soient sorties de leurs lits pour se mêler à cette danse militaire & bachique. Tout cela s'est fort bien pû passer honnêtement; & je serois faché de supposer le contraire. Si jamais il vous prend fantaisie de créer une nouvelle Republique, à l'imitation de *Platon*, admettez-y les histrions de place, les saltinbanques; protegez, encouragez les tavernes, plaisirs selon vous bien supérieurs aux spectacles, & dont vous celebrez l'innocence; que ces amusemens exquis fassent les délices de votre colonie, il est beau d'être le fondateur d'une nouvelle secte de Philosophie, & le législateur d'un peuple heureux : dispensez-vous seulement de proposer à vos nouveaux habitans, comme le modele parfait d'un divertiſſement public, cette danſe où les vieillards, les hommes faits, & les enfans, accompagnoient leurs ſauts de cette chanſon que vous avez traduite de *Plutarque*, & que je vous rappelle ici : *Nous avons été jadis jeunes vaillans & hardis ; nous le ſommes maintenant à l'épreuve à tout venant ; & nous bientôt le ſerons, qui tous vous ſurpaſſerons.* Ce Vaudeville eſt dangereux pour la jeuneſſe qu'il accoutume à manquer de reſpect aux vieillards, en ſe vantant de les ſurpaſſer. Je ne vous aurois pas fait cette remarque, ſi je n'étois encore rempli de vos maximes, dont l'auſtere morale ſemble contredire une préſomption ſi injurieuſe à la vieilleſſe. Je ne doute pas que vous ne réformiez ce que cette chanſon a de vicieux, & que vous ne la rendiez plus convenable & plus modeſte.

Etoit-il bien néceſſaire, ſi vous n'êtiez animé que du deſir de ſervir vos compatriotes, de compoſer un volume contre les ſpectacles, uniquement dans la vûe de préserver Geneve de l'introduction d'un art si dangereux, puisque de votre aveu vous étiez intimement convaincu, que les facultés de la ville ne peuvent admettre un pareil établissement ? Que ne vous reposiez-vous sur l'impossibilité, empêchement plus efficace que les meilleures raisons ? Si vous avez bien compté, vos moyens les plus plausibles paroissent renfermés dans le calcul que vous avez fait du nombre des spectateurs que votre ville peut fournir journellement; mais par une fatalité qui semble attachée à toutes vos preuves, il faut qu'il y ait encore une erreur dans celle-ci, qui se trouve démentie par l'expérience. Il y a vingt-quatre ans qu'il y a eu une troupe de Comédiens établis à Geneve; & ces dernieres années, plusieurs troupes ne pouvant y être admises, représenterent à *Grange-Canard*, aux portes de la ville, & s'y sont très-bien soutenues par l'affluence de vos compatriotes. Toutes ces foibles observations, n'ont qu'une liason assez éloignée du ſujet que vous avez voulu traiter, où il s'agit ſimplement de s'éclaircir ſur l'utilité des ſpectacles; & je penſe par les reflexions que je vous ai communiquées, vous avoir perſuadé que cet art loin d'être pernicieux, eſt favorable aux mœurs, avantageux à la ſocieté, & que l'exercice, comme auteur & comme acteur, en eſt honorable, & doit être eſtimé par le bien qui en réſulte. Je finis en vous diſant avec Monſieur de *Voltaire* : *Qui ſeroient les Viſigots qui voudroient traiter d'empoiſonneurs Rodrigue & Chimene? Plût au Ciel que ces barbares ennemis du plus beau des arts, euſſent la pieté de Polyeucte, la vertu de Burrhus, & qu'ils finiſſent comme le mari d'Alzire!*

FIN.

www.ingramcontent.com/pod-product-compliance
Ingram Content Group UK Ltd.
Pitfield, Milton Keynes, MK11 3LW, UK
UKHW021120260726
13994UKWH00002B/952

9 782329 371788